KB106918

고요한 바다

비구의 시

고요한 바다

열반을 향하여

허정 지음

세종출판사

출발

이곳을 그는 마침내
떠난다.
사랑하고 미워하는
번뇌의 먼지가
끝없이 이는 이곳을
그는 마침내
떠난다.
다시 돌아올 인연
다 없애어 놓고
미답의 땅을 향해
그는 마침내
이곳을 떠난다.

---

* 첫 시집 "지심도"에 실었던 글이다.
  행과 연을 조금 조정하였다.

| 차 례 |

관법선인觀法禪人

모든 것은 무상함을
관선觀禪하는 사람은
영원에 산다.

모든 것의 괴로움을
관선하는 사람은
영원한 즐거움에 산다.

모든 것은 참자기가 아님을
관선하는 사람은
참자기로서 산다.

몸에는 죽음이 있음을
관선하는 사람은
영원한 생명으로 산다.

몸에는 늙음이 있음을
관선하는 사람은

영원한 젊음에 산다.

몸에는 병이 있음을
관선하는 사람은
영원한 건강에 산다.

몸의 더러움을
관선하는 사람은
영원한 맑음에 산다.

몸과 마음의 속박을
관선하는 사람은
영원한 자유에 산다.

(2557. 3.)

---

* 모든 것: 다섯 무더기(오온) 몸 느낌 생각 의도 의식. 또는 눈 귀 코 혀
　　　몸 뜻, 형상 소리 냄새 맛 닿음 사물. 모든 현상.
* 관선: 사물의 성질(무상, 생멸, 변역, 불안정)을 마음 속으로 고요히
　　　관찰하고 살펴 보며 선(禪)하는 일. 관법. 관법선. 비파싸나선.

갯벌

모든 것을 다 삭힌
넓디 넓은 가슴이다.
세상이 흘려 보내고
물결이 뱉아 놓은
온갖 더러운 것들을,
그것들이 무엇이더라도
그 모든 것들을 도로 던져 보내지 않고,
도로 뱉아 버리지 않고,
깊고 깊은 가슴 속에
묻고 묻어 다 삭히었다.
무슨 이름을 가졌던 것들
무슨 모양과 빛깔을 가졌던 것들
그 이름들 다 사라지고,
그 모양과 그 빛깔들도 다 사라졌다.
덧 없는 기쁨과 슬픔도 다 삭혀 없애었나니,
넓디 넓은 영원한 침묵의 가슴이다.

(2553. 7.)

고갯마루의 느티나무 노목

늙을수록 굵어지는 나무여!
늙을수록 튼튼해지고
늙을수록 꿋꿋해지는 나무여!
바람많은 고갯마루에 서서
여기 이곳 사람들을 위하여
그리고 스스로를 위하여
몇 백년 거친 바람들을 견디어 온
이제는 어떠한 바람에도
꿈쩍도 않는 늠름한 나무여!
늙을 수록 꿋꿋해지는 나무여!

(2553. 4.)

장난감 배

이 배는 파선 없는 배!
바다에 떠 다니는 배들 가운데
파선 없는 배는 없지마는,
그러나 이 배는 파선 없는 배!
바람이 아무리 세게 불어도,
물결이 아무리 높게 쳐도
이 배는 파선하지 않는다.
이 배는 고깃배도 아니고,
장삿배도 아니다.
이 배는 군삿배도 아니고,
놀잇배도 아니다.
이 배는 장난감 배.
나는 이 배를 타고
거친 바다를 건너,
영원히 평화롭고 아름다운,
저 쪽 이상한 나라로 가리라.

(2553. 6.)

유리병 속의 맑은 물

투명한 유리병 속의 맑은 물,
수정처럼 맑고
보석처럼 깨끗하다.
아무 빛깔도 없고
아무 티도 섞이지 아니하였다.
있는 듯, 없는 듯,
있지마는 없는 것 같고,
없는 것 같으면서 있다.
근본의 이름인 물일뿐
어떤 다른 이름도 붙일 수 없다.
사람이, 중생이, 누구라도 그 마음을
저 물처럼 맑게 깨끗하게,
모든 욕망을 부정하여
이름도 빛깔도 없게 하면,
그는 노병사를 영원히 벗어나리라.

(2553. 11.)

고요한 바다

1

그들은 모두 드디어 귀의하였다.
불 법 승 삼보에
그들은 모두 드디어 귀의하였다.

그들은 모두 드디어 귀의하였다.
평안과 평화의 법을 깨달으신
진실자 해탈자 정변각자님께
그들은 모두 드디어 귀의하였다.
처음도 끝도 알지 못하는
생과 사의 험한 물결에 휩쓸리어 떠돌면서
의지할 곳을 찾지 못 하다가
평안과 평화의 법을 깨달으신
진실자 해탈자 정변각자님께
그들은 모두 드디어 귀의하였다.

그들은 모두 드디어 귀의하였다.
진실자 해탈자 정변각자님의

평안과 평화의 법에
그들은 모두 드디어 귀의하였다.
다툼과 싸움, 분쟁과 전쟁의 거친 파도를 일으키며
의지할 법을 찾지 못 하고 헤매다가,
진실자 해탈자 정변각자님의
평안과 평화의 법에
그들은 모두 드디어 귀의하였다.

그들은 모두 드디어 귀의하였다.
평안과 평화의 법을 가진
진실자 해탈자 정변각자님의 제자들에게
그들은 모두 드디어 귀의하였다.
시기와 질투 적의와 증오의 거친 물결을
끊임 없이 일으키면서
의지할 사람을 찾지 못하다가
평안과 평화를 향해 나아가는
진실자 해탈자 정변각자님의 승가에
그들은 모두 드디어 귀의하였다.

2

그들은 모두 드디어 깨달았다.
모든 것은 무상함을,
모든 물질적인 것들
정신적인 것들이
모두 무상하고 덧없는 것들임을,
그리고 무상하고 덧없는 것은
괴로움을 일으킨다는 것을―.

그들은 모두 드디어 깨달았다.
모든 다툼과 싸움, 분쟁과 전쟁,
그 불화들은 모두
이 진실을 모르는
무지에서 일어나는 것임을―.

그들은 모두 드디어 깨달았다.
끝도 없이 넓은 역사의 바다에 있은
동요와 방황의 어지러운 물결들,

몸부림과 아우성의 높은 파도들,
수없는 사람들의 통곡과 탄식의 풍파들,
그들의 고통과 고뇌의 파랑들이 모두
이 진실을 모르는 무지 때문이었음을—.

그 무지에서 중생이 일으키는 탐욕심 때문에
불행의 물결들이 일고, 재앙의 파도가 침을
그들은 모두 드디어 깨달았다.

3

그들은 모두 드디어 깨달았다.
평화와 평안의 법이 진리임을,
진리는 평화와 평안임을,
그들은 모두 드디어 깨달았다.

지향 해야 할 행위의 궁극적인 목적은,
가치와 이상의 의미는 평화요 평안임을

그들은 모두 드디어 깨달았다.

동요와 방황의 어지러운 물결,
혼란과 분쟁의 거친 파도,
몸부림과 아우성들의 사나운 풍파,
이 모두가 사라진 평화와 평안이
가치요 이상임을
그들은 모두 드디어 깨달았다.

끝도 없이 넓은 역사의 바다에 있은
수없는 사람들의 통곡과 탄식들이,
그들의 고통과 고뇌들이
모두 사라진 평화와 평안이
참다운 가치요 참다운 의미임을
그들은 모두 드디어 깨달았다.

평화와 평안의 법이 진리임을,
진리는 평화와 평안임을
그들은 모두 드디어 깨달았다.

4

그들은 모두 드디어 깨달았다.
무상하고 덧없는 것들에의
탐욕심을 그치고 쉬고 비우고 지우면,
잔물결도 하나 일지 아니한다는 것을
그들은 모두 드디어 깨달았다.

그들은 모두 드디어 깨달았다.
무상하고 덧없는 것들에의
탐욕심을 그치고 쉬고 비우고 지우면,
다툼과 싸움, 투쟁과 분쟁의 거친 파도들이,
동요와 방황, 몸부림과 아우성의 사나운 풍파들이
일어나지 아니한다는 것을
그들은 모두 드디어 깨달았다.

그들은 모두 드디어 깨달았다.
무상하고 덧없는 것들에의
탐욕심을 그치고 쉬고 비우고 지우면,

끝도 없이 넓은 역사의 바다에 있은
수많은 사람들의 통곡과 탄식의 어지러운 너울들,
그들의 고통과 고뇌들의 거친 물결들은
다시는 일어나지 아니 한다는 것을
그들은 모두 드디어 깨달았다.

그들은 모두 드디어 깨달았다.
무상하고 덧없는 것들에의
탐욕심을 그치고 쉬고 비우고 지우면,
바다는 지극히 고요해 지고, 평온해 짐을
그들은 모두 드디어 깨달았다.

(2553. 12.)

어느 달력 속의 연꽃

나의 방에
연꽃 한송이 활짝 피었다.

지지 않고 꺾이지 않는
연꽃 한 송이
나의 방에서 활짝 피었다.

세욕에 물들지 아니하고,
세상을 멀리 떠나 초연하게,

시드는 일 없고, 바래는 일 없는
연꽃 한 송이
나의 방에서 활짝 피었다.

(2554. 1.)

비행기(여객기)

진여의 나라로 날아 가거라.
여여의 나라로 날아 가거라.
진리의 나라로 날아 가거라.
불변의 나라로,
불사의 나라로,
날아 가거라.

(2554.2.)

수직 평면의 바위 절벽

미답의 땅,
어떠한 사람도
저기는 밟지 못 한다.
어떠한 짐승도
저기는 딛지 못 한다.
새들도
저기에는 발을 대지 못 한다.
비오는 날 빗물도
저 자리는 적시기 어렵나니,
맑은 날이면
밝은 햇살이 밝게
비출 수 있을 뿐이다.

(2554. 5.)

늪의 수초들

우리들에게는 아무 의무도 없노라.
우리들에게는 아무 것에도 책임 없노라.
우리들은 꽃을 피우지 아니하여도 되고
열매를 맺지 아니하여도 되노라.
아무도 우리들에게
꽃을 피우기를 요구하지 아니하고,
아무도 우리들에게
열매를 맺기를 바라지 아니하노라.
이 늪의 못은 주인이 없고,
맑은 물은 절로 고이노라.
우리들은 가끔씩 푸른 하늘과
거기 찬란하게 빛나는 태양의
몇 가닥 햇살만 가지면 만족스럽노라.

(2554. 7.)

이름 있는 거리들

큰 길들은
팔정 1로, 팔정 2로, 팔정 3로...
그 사이 길들은
정견길, 정사길, 정어길, 정행길
정명길, 정근길, 정념길, 정정길...

우리들이 이런 이름의 길들을 따라
바르게 가면
안식이 있고, 휴식이 있는
우리들의 집에 가 닿는다.
영원한 평화가 깃들어 있는
우리들의 집에 가 닿는다.

(2554. 7.)

---

* 한국도 이해부터 모든 거리들에 이름을 붙이었다.
  팔정도: 정견(바른 견해), 정사(-뜻), 정어(-말), 정행(-행동), 정명(-생
  활), 정근(-노력), 정념(-일념), 정정(-선정)(불교의 근본 수행 도).

사다리

저 사다리를 타고
우리는 높은 데로 올라 갈수 있다.
저 사다리를 타고 우리는
높은 담 위에도 올라 갈 수 있고,
높은 벼랑 위에도 올라 갈 수 있고
높은 지붕 위에도 올라 갈 수 있다.
저 사다리로 우리는
모든 높은 곳에 다 올라 갈 수 있다.
산 같은
높은 곳에도 올라 갈 수 있다.
사다리로 산 같은 높은 곳에 올라 서면,
끝없이 넓은 푸른 평원이 보이고,
끝없이 넓은 푸른 바다가 보이고,
끝없이 넓은 푸른 하늘이 보인다.
사다리를 타고
세상에서 가장 높은 곳에 올라 서면
영원한 푸름의 세계가 보인다.

(2554. 8.)

향나무 지팡이

내 지팡이는 향내 나는
향나무 지팡이.

단단하고 묵직한
향나무 지팡이!

내 향나무 지팡이의 향내는
내 둘레를 감도는
나쁜 냄새를 지워 준다.

내 지팡이는 향내 나는
향나무 지팡이.

쪽 곧고 바른,
썩지 아니하는
향나무 지팡이!

(2554. 9.)

가을 들길

그들은 이 가을 들길을 걸어
어디로 갔을까.
영원한 세계로 갔을까.
늙음과 죽음이 없는 세계로 갔을까.
텅 빈 가을 들길!
아무도 걷는 사람이 없다.
영원한 세계로,
늙음과 죽음이 없는 세계로
나는 가리라.

(2554. 10.)

출가 소식 – 비구계 수계

그는 부처님께 완전히 귀의하였다.
법에 완전히 귀의하고
승가에 완전히 귀의하였다.

여래시고, 아라한이시고, 정각자이신
부처님께 그는 완전히 귀의하고,
그의 가르침인 열반의 법에
그는 완전히 귀의하고,
열반으로 나아가는 승가에
그는 완전히 귀의하였다.

그는 여덟가지 바른 길따라
이 몸이 무상하고, 괴로움이고
그래서 영원한 "나"가 아님을 관선하는
"바른 생각" 닦기를 쌓으리라.
그리하여 바른 선정을 얻고,
모든 애욕을 다 끊어, 현세에서
열반을 깨달은 아라한이 되든지,

인간에는 다시 돌아오지 않는
아나함이 되어 하늘에서 열반하여,
모든 괴로움에서 벗어 나리라.

(2556. 6. 27.)

길

이 길 저 쪽 끝에는
참다운 평화의 세계가 있다.
다툼 없고 싸움 없는
영원한 평화의 세계가 있다.
이 길 저 쪽 끝에는
그런 우리들의 이상향
그런 우리들의 본고장이 있다.
누구라도 이 길을 따라 가면
거기에 이르리니,
이제까지 많은 사람들이
이 길을 따라 가서
거기에 이르렀고,
앞으로 많은 사람들이
이 길을 따라 가서
거기에 이르리라.
지금도 많은 사람들이
저 쪽 거기를 향해
이 길을 걷는다.

(2555. 9.)

아침 햇빛에 비친 동창

빛이 나의 방을 비추어 준다.
아득히 먼 근원으로부터
여기까지 와서, 빛이
나의 방을 비추어 준다.
어둠에 차있는 나의 방을
먼 근원으로부터 온 빛이
여기까지 와서 밝게 비추어 준다.
빛이 나를 잊어버리지 않고,
빛이 나를 영원히 기억하심인가.
어둠에 차있는 나의 방을
먼 근원으로부터 온 빛이
여기까지 와서
밝게 비추어 준다.

(2556. 3.)

구월

세월은 간다.
아침 저녁 싸늘한 바람 분다.
하늘은 새파랗나니
하늘로 가는 착한 영들의
하늘 길이 열렸음인가.
구석 구석 벌레들
간 여름 아쉬워서 밤낮으로 운다.
여름 꽃들은 이미 다 지고
가을 국화들이 피기 시작하였다.
팔월 달력 장 넘어가고
구월의 장이 펴졌나니 ...
내 젊은 시절
이웃에 살던 소녀 커서
먼 데로 시집가더니, 어제 늘그막에
제 어머니의 부음을 전화로
내게 전하면서 울었다.
내 만일에 정각자의 법을
따라 가지 아니 한다면,

이 세월의 덧없음을 어찌 견디리.

이제 이 생이 내게는 마지막이어야 하리니,

얼마 남지 않은 몇해 뒤 이 생을 떠나면,

다시는 아무데도 돌아오지 말아야 하리.

돌아 와서

또 다시 이 덧없는 세월을

세는 일 없어야 하리.

(2556. 9.)

난초

잎은 푸르고
꼿꼿하고 빳빳하다.

난초는 거의 먹지 않는다.
세 가지가 든 먹이는 아예 먹지 않는다.
하루 몇 모금의 맑은 물과
몇 숨의 바람을 마실 뿐이다.

그래서 난초는 기름진 흙에 살지 않는다.
거름기도 없고 흙기도 없는
맑은 모래알 사이에 하얀 뿌리를 묻는다.

언젠가는, 얼마의 세월이 지난 어느 때에는
난초는 드디어
하루 몇 모금의 맑은 물도
마시지 않을 것이고,
몇 숨의 바람도
마시지 않을 것이다.

그래도 그러면
난초는 더욱 푸르고,
더욱 꼿꼿하고, 더욱 빳빳하리라.

그리하여 드디어 난초의 푸름은
길이 바래는 일 없고,
그의 꼿꼿함과 빳빳함은
길이 꺾이는 일 없으리라.

(2557. 1.)

설날의 '손주'

아가야!
봄이 오면 우리 함께 동산으로 가자.
거기서 우리는
남모르게 피어 있는
꽃들을 보자.

아가야!
봄이 오면 우리 함께 강가로 가자.
거기서 우리는
수천만년 바뀜없는 수평의 모습으로
바다를 향해 흘러가는
강물을 보자.

아가야!
봄이 오면 우리 함께 들녘으로 가자.
거기서 우리는
추운 겨울 견뎌내고
봄을 맞아 터오르는
새 싹들을 보자.

아가야!

봄이 오면 우리 함께 언덕으로 가자.

거기서 우리는

산등성이 위에 펴져있는

너 얼굴 처럼 맑은

파아란 봄 하늘을 보자.

(2557. 2.)

엄나무

내 몸에 손을 대지 말아라.
내 몸에 손을 대지 말아라.
나는 혼자 살기를 좋아하면서,
남을 아무도 괴롭히지 아니하노라.

내 몸에 손을 대지 말아라.
내 몸에 손을 대지 말아라.
열길 스무길 높이 높이
하늘에 닿도록 나는 자랄 수 있노라.

내 몸에 손을 대지 말아라.
내 몸에 손을 대지 말아라.
아무리 센 바람에도, 아무리 큰 비에도,
너머지거나 흔들리지 않을 만큼
아름드리 굵게 굵게 나는 클 수 있노라.

내 몸에 손을 대지 말아라.
내 몸에 손을 대지 말아라.

(2557. 7)

---

* 엄나무: 온 몸에 가시가 많이 나는 낙엽, 활엽, 교목. 이른 봄에 난 새
잎을 사람들은 따서 나물해 먹는다. 그리고 너무 크면 잎을
따기 어렵다고 못 자라게 가지를 잘라 버리기도 한다. 그리
고 이 나무는 무리지어 자라는 성질이 없다고 한다. 그래서
제대로 큰 나무는 보기가 매우 드물다. 클대로 다 크면 몸에
있던 가시들도 거의 다 없어진다고 한다.

함박눈 내리는 시간

하늘의 뜻으로,
해와 달과 별들의 뜻으로,
하얀 꽃송이들이 무수히 무수히
하늘에서 땅으로 나부끼며 내려온다.
매마른 나무들이나 풀들에도
하얀 꽃들을 피우고
검누런 땅을 하얗게 덮는다.
공중은 나부끼는 하얀 꽃들로 차고
세계는 흰빛이 된다.
거짓의 흔적들이 다 사라지고,
부정과 불의의 자국들이 다 지워진다.
어둠과 어리석음의 검은 환상들이
무지와 무명의 검은 그림자들이 다 사라지고
이 땅은 맑고 깨끗한 흰빛의 은 세계가 된다.
하늘의 뜻으로,
해와 달과 별들의 뜻으로,
하얀 꽃송이들이 무수히 무수히
하늘에서 땅으로 나부끼며 내려온다.

(2556. 12. 7.)

맑은 시냇물

게으르지 말고, 부지런히 흘러가자.
이 곳을 길이 떠나기 위하여,
바다로 가기 위하여,
게으르지 말고, 부지런히 흘러가자.
흘러가서 강에 이르고,
그리고 강물 따라
바다에 까지 가자.
여기에 머물러 고여 있으면
티끌과 먼지가 쌓일 뿐이리니,
게으르지 말고 부지런히 흘러가서
강에 이르고, 강물따라
바다로 가자. 거기서
다시는 이곳으로 돌아오지 말자.

(2557. 6.)

황토 고갯길 1

만일에 저 산 고갯길이 없다면
누가 어떻게 저 높은 산 고개를 넘을 수 있겠는가.
만일에 저 산 고갯길이 없다면
아무도 저 높은 산 고개를 넘을 수 없을 것이다.

저 산 고갯길이 있기 때문에
사람들은 저 높은 산 고개를 넘을 수 있는 것이다.
오르기에는 숨이 가쁠만큼 가파를지라도
저 산 고갯길이 있기 때문에
사람들은 저 높은 산 고개를 넘을 수 있는 것이다.

비록 고개 너머 저 쪽이 우리들의 이상향이고,
고개 너머 저 쪽이
영원한 평화의 세계이며,
영원한 생명의 세계라고 할지라도,
만일에 저 산 고갯길이 없다면
아무도 저 높은 산 고개를 넘어가지 못 할 것이다.

오르기에는 숨이 가쁠만큼 가파를지라도

저 산 고갯길이 있기 때문에

사람들은 저 높은 산 고개를 넘어 갈 수 있는 것이다.

(2557. 6.)

황토 고갯길 2

저 먼 황토 고갯길 따라 넘는
높은 산 고개 너머 저 쪽에
우리들의 이상향이 없다면,
거기에 영원한 평화의 세계,
영원한 생명의 세계가 없다면,
누가 무엇 때문에
저 먼 황토 고갯길을 닦았겠는가?
저 먼 황토 고갯길을 따라 넘는
아득히 먼 높은 산 고개 너머 저쪽에
우리들의 이상향이 있기 때문에,
거기에 영원한 평화의 세계,
영원한 생명의 세계가 있기 때문에
누가 저 먼 황토 고갯길을 내었을 것이다.
먼 황토 고갯길 따라 넘는
아득히 먼 높은 산 고개 너머 저 쪽이
우리들의 이상향이고,
거기가 영원한 평화의 세계,

영원한 생명의 세계라면,

우리는 저 먼 황토 고갯길이 멀고 멀어도

저 길 따라 오르기만 하면,

그런 우리들의 이상향에,

영원한 평화의 세계,

영원한 생명의 세계에 이를 수 있을 것이다.

(2557. 6.)

어린 보리수

보리수여!
잘 자라라.
싱싱하게 무럭 무럭 잘 자라라.
푸르고 부드러운 넓은 잎새위에
이 땅의 한 여름
뜨끈한 햇살을 받고
후끈한 바람을 받아
가볍게 한들거리면서
그렇게 잘 자라라.
하늘에 닿도록 높이 자라서
가지들을 펼치고
한 여름 이 땅 위에
시원한 짙은 그늘을 펴어라.
그대 그늘 아래에서 수행자들이 즐겨
좌선하고 행선하며
무상관 고관 부정관 자비관 등의
관법선들을 닦으리니,

그대는 이 땅 위에서도
여래 아라한 정변각자의 증거가 되어라.
여래 아라한 정변각자를 증명하여라.

(2557. 7.)

해바라기

해바라기는 해를 바라보고 자란다.
낮이나 밤이나, 구름이 끼나 비가 오나
해바라기는 해를 바라보고 자란다.
하루 내내 해를 바라보고 자란다.
아침나절이면 동쪽으로
한낮이면 바로 위로
저녁나절이면 서쪽으로,
그리고 밤이면, 한밤 때까지는 서쪽으로,
한밤이 지나면 동쪽으로 몸을 돌리고,
해바라기는 해를 바라보고 자란다.
날마다 날마다 그렇게
해바라기는 해를 바라보고 자란다.
그리하여 해바라기는 해를 닮은
해만한 큰 꽃을 피운다.
해를 닮은 해만한 큰 꽃을 피우기위하여서
해바라기는 해를 바라보고 자란다.
낮이나 밤이나, 구름이 끼나 비가 오나
해를 닮은 해만한 큰 꽃을 피울 때까지
해바라기는 해를 바라보고 자란다.

(2557. 7.)

하얀 꽃

순백의 하얀 꽃!
아무 물도 들지 아니하였다.
붉은 물도 들지 아니하였고,
푸른 물도 들지 아니하였고,
누른 물도 들지 아니하였다.
붉푸른 물도,
눌푸른 물도,
눌붉은 물도,
아무 물도 들지 아니하였다.
순백의 하얀 꽃.

(2557. 9.)

관선觀禪하는 사람 1

그는 불 법 승 삼보에 귀의하고
계율을 잘 지키면서,
늙음과 병과 죽음의 괴로움은
몸을 받아 나기 때문이고,
남은 몸에의 애착 때문인
그 법을 살펴본다.

그리고 그는 바른 일념正念을 닦는다:
그는 몸을 관선觀禪하여,
몸은 무상하고,
그래서 괴로움이 되고,
그래서 "내것" 아님을, 있는 그대로
일념으로 관하며 생각한다.

그리고 그는 느낌을 관선하여,
느낌은 무상하고,
그래서 괴로움이 되고,
그래서 "내것" 아님을, 있는 그대로

일념으로 관하며 생각한다.

그리고 그는 생각을 관선하여,
생각은 무상하고,
그래서 괴로움이 되고,
그래서 "내것" 아님을, 있는 그대로
일념으로 관하며 생각한다.

그리고 그는 행위를 관선하여,
행위는 무상하고,
그래서 괴로움이 되고,
그래서 "내것" 아님을, 있는 그대로
일념으로 관하며 생각한다.

그리고 그는 의식을 관선하여,
의식은 무상하고,
그래서 괴로움이 되고,

그래서 "내것 아님"을, 있는 그대로
일념으로 관하며 생각한다.

그는 이렇게 관선하기를
걸을 때도 그렇게 하고,
섰을 때도 그렇게 하고,
앉았을 때도 그렇게 하고,
누웠을 때도 그렇게 한다.

행주좌와 어묵동정 어느 때에도 그는 늘 이렇게,
모든 것-몸 느낌 생각 행위 의식들은
무상하고, 괴로움이 되고, "내것아님"을
일념으로 관하며 생각한다.

그는 이렇게 무상관 고관 비아관을
밤낮으로 노력하고 정진하여 닦아서,
몸에의 애착을 차츰차츰 끊는다.

그는 첫철에는 신견 의견 계금취견 - 삼결을 끊고,

그런 줄 알아 수다원이 되고,

다음 철에는 그 위에 탐 진 치를 엷히고,

그런 줄 알아, 사다함이 되고,

다음 철에는 삼결과 탐 진 - 오결을 끊고,

네 선정을 얻어, 그런 줄 알아, 아나함이 되고,

다음 철에는 나고 죽음 없는 구경을 깨달아

근본 무명을 마저 끊고 아라한이 된다.

그는 아라한이 되어,

"나의 남은 다하고,

수행생활은 완성되고,

할 일은 다하여,

---

* 수다원: 흐름에 든 이. 천상과 인간계를 최대한 일곱 번 오고 가는 사
    이 열반을 결정적으로 깨닫게 된 수행인.
* 사다함: 한번 오는 이. 이 생 뒤 천계에 갔다가 한번만 더 인간계에
    돌아와 열반을 깨닫게 된 수행인.
* 아나함: 안 돌아오는 이. 이 생을 마치고 천계에 가서, 인간의 세계에
    는 다시는 돌아오지 않고, 거기서 열반에 들게 된 수행인.
* 아라한: 이 생에서 열반의 도를 성취한 성자.

후생 몸을 받지 않는다."고 스스로 안다.
그는 모든 구속을 풀고,
무거운 짐을 내려놓고,
모든 괴로움에서 영원히 벗어난다.

(2557. 11)

관선 하는 사람 2

그는 불 법 승 삼보에 귀의하고
계율을 잘 지키면서,
늙음 병 죽음의 괴로움은
몸을 받아 나기 때문이고,
남은 몸에의 애착 때문인
그 법을 살펴 본다.

그리고 그는 바른 일념을 닦는다:
눈과 빛깔을 관선觀禪하여,
눈과 빛깔은 무상하고, 그래서 괴로움이 되고,
그래서 "내것 아님"을 사실 그대로
일념으로 관하고 생각한다.

그리고 그는 귀와 소리를 관선하여,
귀와 소리는 무상하고, 그래서 괴로움이 되고,
그래서 "내것 아님"을 사실 그대로
일념으로 관하고 생각한다.

그리고 그는 코와 냄새를 관선하여,
코와 냄새는 무상하고, 그래서 괴로움이 되고,
그래서 "내것 아님"을 사실 그대로
일념으로 관하고 생각한다.

그리고 그는 혀와 맛을 관선하여,
혀와 맛은 무상하고, 그래서 괴로움이 되고,
그래서 "내것 아님"을 사실 그대로
일념으로 관하고 생각한다.

그리고 그는 몸과 닿음을 관선하여,
몸과 닿음은 무상하고, 그래서 괴로움이 되고,
그래서 "내것 아님"을 사실 그대로
일념으로 관하고 생각한다.

그리고 그는 마음과 일을 관선하여,
마음과 일은 무상하고, 그래서 괴로움이 되고,
그래서 "내것 아님"을 사실 그대로
일념으로 관하고 생각한다.

그는 이렇게 관선하기를
걸을 때도 하고,
섰을 때도 하고,
앉았을 때도 하고,
누웠을 때도 한다.

행주좌와 어묵동정 어느 때라도 그는 늘 그렇게
모든 것 - 눈 귀 코 혀 몸 마음과
빛깔 소리 냄새 맛 닿음 일들은
무상함과 괴로움이 됨과 "내것 아님"을
일념으로 관하고 생각한다.

그는 이렇게 무상관 고관 비아관을
밤낮으로 노력하고 정진하여 닦는다.
그리하여 그는 몸에의 애착을 차츰차츰 끊는다.
그는 첫철에는 신견 의견 계금취견 - 삼결을 끊고,
그런 줄 알아, 수다원이 되고,
다음 철에는 그위에 탐 진 치를 엷혀서

그런 줄 알아, 사다함이 되고,
다음 철에는 탐 진을 다 끊고, 네 선정을 얻어
그런 줄 알아, 아나함이 되고,
다음 철에는 나고 죽음 없는 구경을 깨닫고
근본 무명의 결박을 마저 끊어 아라한이 된다.

그는 아라한이 되어,
"나의 나는 일은 다하고,
거룩한 생활은 완성되고,
할 일은 다하여,
다시는 후생몸을 받지 않는다."고 스스로 안다.
그는 모든 구속을 풀고,
무거운 짐을 내려놓고,
모든 괴로움에서 영원히 벗어난다.

(2557.11.)

관선하는 사람 3

그는 불 법 승 삼보에 귀의하여,
계율을 잘 지키면서,
늙음 병 죽음을 비롯한 온갖 괴로움은
몸을 받아 나기 때문이며,
남은 몸에의 애착 때문인 법을 다시 살펴보고,

그리고 그는 몸뚱이를 관선한다,
또는 늙음관을 하고,
또는 병듦관을 하고,
또는 죽음관을 한다.

또는 부정관을 하고,
또는 시체관을 하고,

---

* 늙음관: 몸은 늙는 것임을 일념으로 관찰하고 생각하는 일.
* 병듦관: 몸은 병드는 것임을 일념으로 관찰하고 생각하는 일.
* 죽음관: 몸은 죽는다는 것을 일념으로 관찰하고 생각하는 일.
* 부정관: 몸의 더러움을 일념으로 관찰하고 생각하는 일.
* 시체관: 생명이 끊어진 몸을 일념으로 관찰하고 생각하는 일.
* 백골관: 시체가 썩고 남는 흰 뼈를 일념으로 관찰 하고 생각 하는 일.
* 유혈관: 다쳐 피 흐르는 몸을 일념으로 관찰하고 생각하는 일.

또는 백골관을 하고,
또는 유혈관을 한다.
이와같이 우리들의 몸뚱이는
불안정한 것이고, 불안한 것임을 사실 그대로
늘 관하고 생각한다.

걸으면서도 하고, 섰으면서도 하고,
앉았으면서도 하고, 누웠으면서도 하고,
말하면서도 하고, 잠잠하면서도 하고,
움직이면서도 하고, 가만있으면서도 그렇게 한다.

숟가락을 들고 놓으면서도 하고,
옷을 입고 벗으면서도 하고,
행주좌와 어묵동정 어느 때라도 늘
이러한 관법들에 노력하고 정진하여,
그는 몸뚱이에의 애착을 끊는다.

그는 첫 철에는 삼결을 끊고,

그런 줄 알아, 수다원이 되고,

다음 철에는 탐 진 치가 엷어지고,

그런 줄 알아, 사다함이 되고,

다음 철에는 탐 진을 다하여, 사선정을 얻고,

그런 줄 알아, 아나함이 되고,

다음 철에는 생사 없는 궁극의 경지를 깨닫고,

남은 무명을 마저 끊어, 아라한이 된다.

그리하여 그는 "나의 나는 일은 다하고,

수행생활은 완성되고,

할 일은 다 하여,

다시는 후생 몸을 받지 않는다."고 스스로 안다.

그는 모든 구속을 풀고,

무거운 짐을 내려놓고,

모든 괴로움에서 영원히 벗어난다.

(2557. 11.)

자비관

누구라도 불 법 승 삼보에 귀의하고,
계율을 잘 지키면서
자비관을 닦으면,
제나 남이나, 이나 저나, 우리 모든 중생은
나고 죽음의 바다에 떠돌면서,
늙음과 병과 죽음의 괴로움과,
고움과 미움과 바람 속에서
근심과 슬픔과 고뇌로 괴로워함을
불쌍히 보고 가엾게 보는 마음을 닦으면,

걷거나 섰거나
앉았거나 누웠거나,
말하거나 잠잠하거나
움직이거나 가만있거나,
옷을 벗고 입거나
숟가락을 들고 놓거나,
어느 때거나 이와 같이 관하여
자비심 연민심을 닦아 익히면,

그는 먼저 신견 의견 계금취견-삼결을 끊고,
끊은 줄 알아 수다원이 되리니,
천상과 인간 오고가기를
일곱 번 하는 사이
반드시 바른 깨달음을 얻어

모든 괴로움에서 벗어나리라.
거기서 좀 더 나아가면
탐욕과 성냄과 어리석음이 엷어져
그는 사다함이 되리라.
그는 이 생 뒤 하늘에 갔다가
인간에 한번만 더 다시 와서는
나고 죽음 없는 구경의 경지를 깨닫고,
중생계를 영원히 버리고 떠나
모든 괴로움에서 벗어나리라.

(2557. 12.)

잡아함경

- 새 번역(김윤수역)에 즈음하여

잡아함경 새 번역판이 나왔다.
세계의 기적,
영원한 새봄,
시듦없는 꽃,
잡아함경이 새로 번역되어 나왔다.
불기 이천오백십일년에 한역에서
처음 한글역으로 나왔고, 그 뒤
불기 이천오백오십년에 이의 개정판이 나왔는데,
이제 불기 이천오백오십칠년 칠월에 드디어
누런빛 천으로 두껍게 싼
다섯 권의 한한 대역판과
짙은 밤색의 인조가죽으로 단단히 싼
단권으로 된 한글역판
두 가지 새 번역판이 같이 나왔다.
엄격한 일대일의 정성을 다한 직역으로
세 번 네 번의 엄정한 교정을 거치었다.
여래 아라한 정변각자의 말씀 그대로가
이 땅의 우리들에게 더욱 가까이 다가왔다.

나고 죽음의 괴로움으로부터 해탈하여
온전한 행복의 경지로 나아가는,
여래 아라한 정변각자의 직접 치시는
법의 북소리가 더욱 크게, 더욱 뚜렷하게
중생의 귀에 울려퍼지게 되었다.
오온의 무거운 짐을 벗는 해탈의 법이
여래 아라한 정변각자의 말씀 그대로 여기에 있고,
육입 육처의 그물을 찢는 자유의 법이
여래 아라한 정변각자의 말씀 그대로 여기에 있다.
육지 구지 십이지의 인과의 법이
여래 아라한 정변각자의 말씀 그대로 여기에 있고,
사성제 거룩한 진리의 법이
여래 아라한 정변각자의 말씀 그대로 여기에 있다.
팔정도 칠각분 사선정의 법이
여래 아라한 정변각자의 말씀 그대로 여기에 있고,
사념처 사신족 사정근의 법이
여래 아라한 정변각자의 말씀 그대로 여기에 있다.

무상관 고관 비아관 부정관 등 모든 관선법들이
여래 아라한 정변각자의 말씀 그대로 여기에 있다.
모든 구속을 풀고 자유의 몸이 되는 법이,
무거운 짐을 내려놓고 무게 없는 몸이 되는 법이,
모든 괴로움들을 없애고 영원한 평안을 얻는 법이,
여래 아라한 정변각자의 말씀 그대로 여기에 있다.
열반의 진리가 이 세계에 더욱 오래 머물리라.
더 많은 중생들이 영원한 행복의 길에 들어서리라.

(2558. 1.)

불 밝은 창문

사방은 캄캄하게
검은 어둠이 차 있는데,
그런데 저기 조그만 공간은
밝은 빛으로 가득차 있다.
저 방안에는 꺼지지 않는
등불이 있다.
어둠이 침범하지 못하고,
어둠이 꺼뜨리지 못하는,
꺼지지 아니하는 등불이
저 방에는 있다.

(2558. 1.)

71

주차장의 자동차

이 가슴에 불을 지르지 말아주오.
이 심장이 불에 타게 하지 말아주오.
그리하여 저 비좁고 위험한 공간 속을
어지럽게 뛰고 달리게 하지 말아주오.
이 가슴에 불을 지르지 아니하고
이 심장이 불에 타지 아니하면,
그리하여 저 비좁고 위험한 공간 속을
어지럽게 뛰고 달리지 아니하면,
이에게는 아무 일도 일어나지 아니하고,
이 가슴은 시원하고 평안하리니ᅳ.

이러도록 만들어진 것들의 운명이겠지마는,
이 가슴에 불을 지르지 말아주오.
이 심장이 불에 타게 하지 말아주오.
그리하여 저 비좁고 위험한 공간 속을
어지럽게 뛰고 달리게 하지 말아주오.
이 가슴에 불을 지르지 아니하고,
이 심장이 불에 타지 아니하면,

그리하여 저 비좁고 위험한 공간 속을
어지럽게 뛰고 달리지 아니하면,
이는 이제 이렇게 모든 행을 그치고 쉬고,
고요히 평온하게 길이 머물 수 있으리니-.

(2558. 2.)

차이야의 밤열차

수많은 중생들을 한시라도 바삐
어둠 속에서 건져주기 위하여,
차이야의 밤열차는
하늘에 닿도록 높이
기적 소리를 외치면서
밤의 검은 장벽을 뚫고
온 힘을 다해 달린다.

수많은 중생들을 한시라도 바삐
어둠 없는 세계로 데려가주기 위하여,
차이야의 밤열차는
지축이 흔들리도록 힘차게

---

* 차이야: 태국 남부 수랏타니 시 북쪽으로 한 40 km 되는 시골. 여기
에 작은 열차 역이 있다. 북쪽의 방콕(600 km)과 남쪽의 쿠알라룸푸
르(800 km)와 싱가포르(1100 km)로 가는 열차들이 지나 다닌다. 이
작은 역 바로 가까이에 세계적으로 이름나 있는 불교 수행원인 "수
안목카"가 있다. 이 글을 쓰는 이도 십여년 전에 거기서 한 달 동안
머문일이 있다. 여기서는 달마다 앞 열흘 동안 외국인 재가자들을 위
한 정기 수행 모임이 있는데, 누구라도 시작 전날 가서 등록만 하면
같이 할 수 있다.

땅을 박차면서
밤의 검은 장벽을 뚫고
온 힘을 다해 달린다.

수많은 중생들을 한시라도 바삐
밝은 세계로 데려가주기 위하여,
차이야의 밤열차는
심장의 박동 소리가
온 대지에 퍼질만큼
밤의 검은 장벽을 뚫고
있는 힘을 다해 달린다.

(2558. 3.)

한밤 홀로 반짝이는 먼 등불 하나

어둠 속에서 등불 하나 홀로 별처럼 반짝인다.
온 세상에 어둠이 깔렸고
온 세상에 어둠이 끼였는데.
등불은 그 속에서 홀로 별처럼 반짝인다.

삼라만상이 다 어둠에 묻히고,
삼라만상이 다 어둠에 덮이었는데,
등불은 그 어둠에 묻히지 아니하고,
등불은 그 어둠에 덮이지 아니하고,
두려움도 외로움도 없이 홀로 별처럼 반짝이다.

어둠이 아무리 짙어도
어둠이 아무리 넓고 크도
등불은 끝내 꺼지지 아니하고,
꿋꿋하게 씩씩하게 홀로 별처럼 반짝인다.

(2558. 4.)

'비구의 시'를 읊다

출가 사문이 된 이래 46년이 지나도록
목탁 한 번 제대로 두드려보지 않은 스님이 있습니다.
불문에 든 이래 46년이 지나도록
염불도 한 자락 제대로 해보지 않은 스님이 있습니다.
초기불전 아함경에 큰 발심하여
출가평생 그 경전 바랑 속에 넣고 다니며 읽고 외우고
만나는 사람마다 나눠주며 그 가르침 따라만 오롯이
수행하며 살아오신 스님이 한 분 있습니다.

그 옛날의 황금의 바다 김해金海,
그 너른 평원을 가로질러 조만강이 흐르고
강 건너 작은 마을 수가리水佳里 외딴 암자의,
백년은 족이 손때 묻었을 법한 나무대문 안으로 들어서면
대숲에 반쯤 파묻힌 흙돌담 아래
동자승인지 노승인지
행자승인지 큰스님인지
언뜻 보아서는 분간이 잘 안 되는
작은 키에 깡마르고 그을린 피부의
그러나 꼿꼿하고 눈빛은 형형하며

삭발한 머릿카락이 조금 웃자라 서리처럼 하얀
스님 한 분이, '어서 오시오-' 하며 해맑게 반겨줍니다.

저는 계율이 특히 지엄하다는 남방불교권으로 출가한
비구승입니다만, 스님은 오직
초기불교의 가르침만을 의지한 채 청정하게 살아가는
남방불교권의 테라와다 비구보다 더 테라와다 비구같은
요즘 세상에서는 흔하게 만나 볼 수 없는
초기경전 속에서나 만나 볼 수 있을 법한
열반을 향하여 아라한의 삶을 지향해 나아가는 스님입니다.
그래서일까?
불상도 없고, 범종도 없고, 단청도 없는
장엄의 흔적이라고는 그 어디에서도 찾아볼 수 없는
그 암자에 들어서면, 구석구석에서 아라한의 향기가 납니다.
졸졸 흘러넘치는 돌수각에서, 아함경 번역물들이
선정 든 채로 앉아 있는 듯한 나무 책꽂이에서
찻물이 끓고 있는 두 평 남짓한 스님의 방 안에서 .....

스님을 처음 만난 게 7년 전쯤이던가,
스님과의 첫 만남은 내게 형언할 수 없는 기쁨이었고,
출가자로서의 내 삶을 다시 되돌아보게 하는 계기였습니다.
스님은 나의 스승인 동시에 사형님이며,
한날 한시에 동반 출가한 도반만 같습니다.
가끔 전화로만 안부를 묻다가 오랜만에 성남서 내려가 뵈면

밤새도록 담마(法)이야기, 불전번역이야기,
출가이야기로 날이 샙니다. 스님께서 출가 전에
영어선생님 하셨다는 얘기를 들은 적 있지만
문학을 좋아하셨다는 사실은 몇 해 뒤 알게 됐습니다.

어느 날 문득, 소승이 출가 전에 창작활동 했었다는 얘길
들으시고는 책장 한 귀퉁이에서
책을 한 권 꺼내 쑥스러운 듯 내미는 것이었습니다.
시집이었습니다. '열반을 향하여'라는 부제가 붙은
<보리수>라는 표제의 작은 시집이었습니다.
아기 손바닥만한 보리수 잎이 그려진 연두색 표지를 넘기니
그동안 관념으로만 이해해 왔던 스님의 정신세계가,
한 출가수행자의 비장한 구도적 삶이
강물처럼 흐르고 있었습니다.

세상에는
내노라하는 문호들의 감동적인 걸작들도 많이 있고,
수많은 등단 문인들의 작품집들이 서점가에 넘쳐나지만,
소박한 언어에 가끔은 다소 생소한 리듬으로 읊조리려간
스님의 시편들은 심연처럼 고요하면서도
활화산 같은 분출력을 지니고 있었으며,
사물에 대한 깊은 통찰을 통해, 인간의
근원적인 고통의 문제를 극명하게 제시하고 있었습니다.
고통의 족쇄들을 하나씩 풀면서 열반을 향해 나아가는

수행자의 초연한 행보에 절로 두 손이 모아졌습니다.
세상 사람들에게 꼭 일독을 권하고 싶습니다.

15년 전 그 어느 이른 봄날,
첫 번째 시집『지심도』가 세상에 나온 이래
『이정표』『보리수』그리고 이번이 네 번째 작품집입니다.
얼마 전 스님을 뵈러 김해에 갔다가 우연히
그간 모아놓은 원고를 접하는 순간
그 동안의 노고에 대한 고마움과
새 글에 대한 기대감이 교차하면서, 스님은
열반행 열차를 타고 지금쯤 어느 역을 지나가고 있을까?
또 차창 밖의 어떤 풍경 그 어떤 세계를 우리에게
보여 줄 것인가? 반가움, 설렘, 즐거움 속에
즉석으로 시 전편을 낭송해 나갔습니다.

아래의 소감문이 독자들로 하여금
독자 고유의 자유로운 해석을 방해하거나
독자의 상상력을 제한할까 저어되기도 하지만, 그럼에도
스님 곁에서 적지 않은 시간을 교감해 온 저의 감상법이
독자들의 이해폭을 넓히는데 도움 되지 않을까 생각하여
몇 자 덧붙여 봅니다.

　　스님의 모든 시편들은 오직 한 곳을 지향하고 있다. 세상은
유한하고 무상하며 상대적 가치에 의해 존재한다. 거기에 태

어남과 늙음과 병듦과 죽음이 있고, 사랑과 미움과 슬픔과 탄식이 있다. 그러나 스님은, 태어남과 늙음과 병듦과 죽음이 없는 곳. 사랑도 미움도, 슬픔도 근심도 더는 존재하지 않는 곳. 절대무한의 세계, 미답의 땅 '그 곳' <열반>을 향하고 있다. 태어남과 죽음, 사랑과 미움이 끊임없이 소용돌이치는 윤회하는 이 세상으로는 다시 돌아오지 않으려 하고 있는 것이다. 다음은 <출발> 전문.

이곳을 그는 마침내
떠난다.
사랑하고 미워하는
번뇌의 먼지가
끝없이 이는 이곳을
그는 마침내
떠난다.
다시 돌아올 인연
다 없애어 놓고
미답의 땅을 향해
그는 마침내
이곳을 떠난다.

생겨난 모든 것은 반드시 소멸하는 법이지만, 우리는 소멸을 인지하지 못하거나 혹은 소멸될 줄 알면서도 소멸의 주체를 꼭 부둥켜안고 산다. 욕심내고 성내면서 때론 슬프고 속상

해서 땅을 치며 통곡한다. 스님은 부둥켜안고 있음의 유한한 행복이 실은 덧없는 것이고, 그 속성은 고통스러운 것이며, 거기에 내 것이라고 할만한 그 어떤 실체도 존재하지 않는다는 사실을 이미 깨닫고 있다. 이러한 통찰에 의해 부둥켜안는 방식이 완전히 뒤바뀐다. 그리하여 마침내 이곳을 떠날 수 있게 된다. 그것이 훗날, 다시는 태어남이 없는 완전한 임종의 순간일 수도 있고, 집착하고 분노하는 번뇌의 먼지가 휘날리는 매 순간순간이 될 수도 있을 것이다. 스님은 자신의 내면을 향해 속삭이고 있지만, 실은 모든 존재들을 향해 간절히 호소하고 있는 것이다. 이것은 모든 존재들을 향한 자애요, 연민의 마음이다.

스님은 또한 <갯벌><유리병 속의 맑은 물><수직 평면의 바위절벽><늪의 수초들><하얀 꽃> 등을 통해 열반의 정신세계를 형상화하고 있다. <갯벌><유리병 속의 맑은 물><수직 평면의 바위절벽><늪의 수초들><하얀 꽃> 등은 그대로가 열반이요, 아라한 성자들인 것이다. 열반은 저 먼데만 있는 것이 아니다. 네것 내것이 본래 없고, 붉은색 푸른색의 분별도 떠나 있으며, 세간의 과학지식으로는 결코 가 닿을 수 없는 시공을 초월한 매 순간순간의 절대자리이기도 하다.

스님 시의 큰 관심사 중의 하나는 붓다의 가르침을 시로 형상화해내는 일이다. 국내에는 불교를 소재로 한 불교시라고 할만한 유명한 시편들이 여러 편 있고, 출가자의 시집들도 간혹 출간되지만, 허정스님처럼 직접적 적극적 본격적으로 붓다의 사상을 담아내는 경우는 지금껏 보지 못했다. 스님은 첫시집『지심도』에서부터 이번 네 번째 시집에 이르기까지 한결같은 천착을 보이고 있다. 때로는 무모해보일 정도로 경전 속의 교리체계를 직접적으로 드러내 보이기도 한다. 그러다 보니 때에 따라서는 경전을 독송하고 있는 듯한 착각을 일으키기도 한다. 아래는 두 번째 시집『이정표』속의 <대종소리 2>의 일부.

　계율을 지키어라 계율을 지키어라
　산 몸을 죽게 하지 말아라
　남의 것을 훔치지 말아라
　간음을 범하지 말아라
　거짓을 말하지 말아라
　술을 마시지 말아라
　………… 중략 …………

　계율을 지키어라 계율을 지키어라
　재가자여! 출가자여!

　그러나 자세히 들여다보면 스님의 의도를 분명히 읽어낼 수 있다. 스님은 형식보다 효용성을 더욱 중요시한다. 시가 개인의 넋두리나 하소연이 아닌 온전한 삶을 살아가는데 도움을 줄 수 있어야한다고 늘 강조한다. 스님은 초기경전의 가르침을 꿰뚫고 있다. 온전히 이해하면서 수행을 통해 증험하고 있다. 그래서 세인들이 왜 불법에 귀의해야 하고, 무엇을 어떻게 수행해야 하는 지를 명확히 알고 있다. 그래서 팔만사천 법문으로 구성된 방대한 가르침 중에서 그 핵심골자를 골라내 우리들에게 전해주고 있는 것이다.

네 번째 시집에 이르러 스님의 이런 시관은 더욱 확립되어 보인다. 그 가르침에 극적 요소를 첨가함으로서 그 효용성을 한층 극대화하고 있다. 다음은 <고요한 바다 1,2,3,4>의 일부.

　　　　　　1
그들은 모두 드디어 귀의하였다.
불 법 승 삼보에
그들은 모두 드디어 귀의하였다.

………… 중략 …………

생사의 험한 물결에 휩쓸리어 떠돌면서
의지할 곳을 찾지 못하다가
그들은 모두 드디어 귀의하였다.
평안과 평화의 법을 깨달으신
진실자 해탈자 정변각자님께
그들은 모두 드디어 귀의하였다.

………… 후략 …………

2

그들은 모두 드디어 깨달았다.
모든 것은 무상함을,
모든 물질적인 것들
정신적인 것들이
모두 무상하고 덧없는 것들임을,

·········· 중략 ··········

그들은 모두 드디어 깨달았다.
모든 다툼과 싸움, 분쟁과 전쟁,
그 불화들은 모두
이 진실을 모르는
무지에서 일어나는 것임을-.

·········· 후략 ··········

3

그들은 모두 드디어 깨달았다.
평화와 평안의 법이 진리임을,
진리는 평화와 평안임을,
그들은 모두 드디어 깨달았다.

·········· 중략 ··········

동요와 방황의 어지러운 물결,
혼란과 분쟁의 거친 파도,
몸부림과 아우성들의 사나운 풍파,
이 모두가 사라진 평화와 평안이
가치요 이상임을
그들은 모두 드디어 깨달았다.

············ 후략 ············

                4
그들은 모두 드디어 깨달았다.
무상하고 덧없는 것들에의
탐욕심을 그치고 쉬고 비우고 지우면,
잔물결도 하나 일지 아니한다는 것을

············ 중략 ············

그들의 고통과 고뇌들의 거친 물결들은
다시는 일어나지 아니 한다는 것을

············ 중략 ············

그들은 모두 드디어 깨달았다.
무상하고 덧없는 것들에의

탐욕심을 그치고 쉬고 비우고 지우면,
바다는 지극히 고요해 지고, 평온해 짐을
그들은 모두 드디어 깨달았다.

이 작품을 감상하고 있노라면 2600년 전 붓다 재세시, 불법
이 급속도로 확산되고 있는 광경을 눈으로 직접 보는 듯한 착
각을 일으킨다. 폭풍 속에서 배가 좌초하지 않고 붓다의 법에
의지해 저쪽 언덕으로 무사히 건너가는 생생한 장면을 영상물
을 통해 보고 있는 듯하다.

다음은 <관선하는 사람 1>의 일부:

··········· 생략 ···········

이렇게 그는 관하고, 선사하고, 명상하기를
밤이나 낮이나 한다.
걸을 때도 그렇게 하고,
섰을 때도 그렇게 하고,
앉았을 때도 그렇게 하고,

··········· 중략 ···········

몸에 대한 애착을 차츰차츰 끊는다.

그는 첫철에는 삼결을 끊고,

그런 줄 알아 수다원이 되고,
다음 철에는 그 위에 탐 진 치를 엷히고,
그런 줄 알아, 사다함이 되고,
다음 철에는 삼결과 탐 진 - 오결을 끊고,
네 선정을 얻어, 그런 줄 알아, 아나함이 되고,
다음 철에는 나고 죽음 없는 구경을 깨달아
근본 무명을 마저 끊고 아라한이 된다.

·········· 후략 ··········

이 작품은 한 수행자가 삼보에 귀의하여 수행 생활하는 모습을 그리고 있다. 수행이 진전되면서 통찰지혜가 성숙되고 도과가 점진적으로 성취되어가는 과정을 극적으로 묘사하고 있다. 그토록 무겁고 관념적으로만 느껴졌던 경전 속의 가르침이 이토록 비장하고 숭고하면서도 흥미진진하게 다가올 수 있을까. 이것은 스님만의 독특한 시 표현방식이다. 스님은 표현방식에 대한 새 지평의 가능성을 보여주고 있는 것이다. 이런 형식의 시편들이 허정스님의 펜을 통해 꾸준히 나오기를 기대해본다. 그리하여 더 많은 사람들이 불교의 지혜를 배워갈 수 있기를 바란다.

스님의 작품 중에는 불교적 색채를 별로 띠지 않으면서도 가슴을 뭉클하게 하는 작품들이 있다. 좋은 시는 만드는 것이 아니라 저절로 되어지는 것이다. 기교에 그리 의존하지 않고, 육화된 체험과 인생에 대한 통찰이 있을 때 자연스럽게 생겨난다. 이렇게 지어졌을 법한 시가 한 편 있다. 만나는 사람마다 열 번이고 스무 번이고 읽어주고 싶은 그런 시가 한편 있다. 불교를 만난 것이 왜 축복이며 다행한일인지, 왜 우리는 반드시 정각자의 가르침에 의지해 살아가야 하는 지를 일깨워주는 허정스님의 시 <구월>의 일부.

세월은 간다.
아침 저녁 싸늘한 바람 분다.
하늘은 새파랗나니
하늘로 가는 착한 영들의
하늘 길이 열렸음인가.
구석구석에서 벌레들
간 여름 아쉬워서 밤새도록 운다.

.... 중략 ....

내 젊은 시절
이웃에 살던 소녀 커서
먼 데로 시집가더니, 어제 늙으막에
제 어머니의 부음을 전화로
내게 전하면서 울었다.
내 만일에 정각자의 법을
따라 가지 아니 한다면,
이 세월의 덧없음을 어찌 견디리.

이제 이생이 내개는 마지막이어야 하리니,
얼마 남지 않은 몇 해 뒤 이생을 떠나면,
다시는 아무데도 돌아오지 말아야 하리.
돌아 와서
또 다시 이 덧없는 세월을
세는 일 없어야 하리.

모든 존재들이 항상 평온하기를!
정등각자의 가르침이 이땅에 길이 지속되기를!

비구 빤냐완따 두손 모음.

고요한 바다

불기 2558년(2014년) 7월 9일 인쇄
불기 2558년(2014년) 7월 17일 발행

지은이 허   정
발행인 이 길 안
발행처 세종출판사

부산시 중구 흑교로 71번길 12 (보수동2가)
전화 463-5898, 253-2213~5
팩스 248-4880
E-mail sjpl@chollian.net

등록 제02-01-96

ISBN 978-89-6125-799-2-03810

값 8,000원